DIE KATZE IM ROLLSTUHL

Von Karin Schneider

AF273253

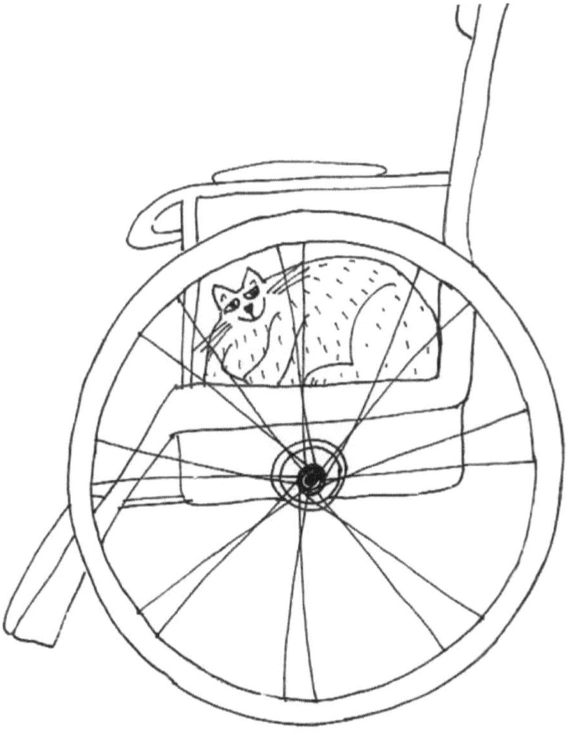

Die Katze im Rollstuhl von Karin Schneider

Diesen Schreibversuch widme ich in erster Linie meiner lieben, leider schon verstorbenen Mutter. Sie hat mich wie kein anderer Mensch gekannt, verstanden, an mich geglaubt und mich mit aller Liebe, die eine Mutter nur aufbringen kann, geliebt. In zweiter Linie möchte ich diese Seiten in tiefer Liebe und Dankbarkeit meinem Lebensgefährten Paul widmen, der mir ab der Mitte meines Lebens zeigt, dass all das, was Dichter, Denker, Musiker, Maler usw. über die Liebe zu sagen haben - Wirklichkeit ist.

Herstellung und Verlag:
Books on Demand GmbH, Norderstedt
ISBN: 978-3-8370-1016-9

WER BIN ICH?

Diese Frage stellt man sich verstärkt in der Pubertät, aber auch in anderen Lebensphasen stand für mich fest, dass man immer wieder zum Ursprung zurückkommt. Ja, meine Biographie ist nicht besonders aufregend, ich kann nur sagen, dass ich eine sehr schöne Kindheit und Jugend hatte, obwohl auch noch von Entbehrungen durch den Zweiten Weltkrieg gezeichnet, aber da ich nach der II. Parteikonferenz der SED geboren wurde, war für die damalige Zeit schon Licht am Ende des Tunnels zu sehen. Ich bin ein absoluter Naturmensch und liebe die Insel Rügen - der Grundstein hierfür wurde in meiner Kindheit gelegt. Ich wurde auf dem Lande groß, mit Feldern und Tieren, mit Eltern und Großeltern. Mir machte Schule Spaß, mir machte Lernen Spaß - man glaubt es kaum, aber mit zwölf Jahren stand für mich fest, dass ich Lehrerin werden möchte. Nach der 8. Klasse machte ich in meiner Geburts- und Kreisstadt mein Abitur. Ich wohnte im Jungeninternat, da bei den Mädchen kein Platz mehr war und ich diesen beruflichen Weg doch so gern gehen wollte. Danach studierte ich Geschichte und Deutsch - heute würde man sagen auf Lehramt - und schloss mit dem Diplom ab. In diese Zeit fällt meine erste große Liebe, Heirat und Geburt einer Tochter - ein für mich perfektes

Glück. Leider nur für mich, was sich erst 13 Jahre später zeigen sollte.

Meine erste Anstellung fand ich auch auf dem Lande. In fünf Ortsteilen waren Schüler und Eltern aus meiner Klasse, keine Erfahrungen, aber die Liebe zum Kind und die Lust sich auszuprobieren. Im vorigen Jahr hatten wir unser zweites Klassentreffen nach 25 Jahren Schulentlassung. Da geht einem das Herz auf. Wir waren in unserem Klassenraum mit Sitzordnung wie vor 31 Jahren. Teile des Klassenbuchs lagen als Kopie vor. Furchtbar schön! Nachdem wir die ganze Schule besichtigt hatten, gingen wir in eine Lokalität vor Ort und hatten uns eine Menge zu erzählen. Es waren schon ergreifende Schicksale darunter. Besonders bewegt hat mich die Lebenssituation einer Schülerin, deren Vornamen ich mir nie richtig merken konnte. Angelika, Angela..., bis ich dann bei Angele war. Sie hat ein krankes Kind, einen kranken Mann und selber keine Arbeit. Sie sagte, dass sie sich freue hier zu sein und brachte mir zusätzlich Blumen mit. Danke, liebe Angele! Ja, als meine Klasse entlassen war und meine Tochter in die Schule kam, zogen wir in die Stadt und ich arbeitete hier auch als Lehrerin im Neubaugebiet. Da ich in keiner Partei war, machte ich zusätzlich Gewerkschafts- und Jugendweihearbeit. Ich weiß noch, wie ich nach der Schülerzahl an meiner Schule im Landkreis gefragt wurde, wir hatten ca. 275 - hier an meiner neuen Schule waren wir drei- und vierzügig und es kamen so 800 Schüler pro Schule zusammen. Aber ich hatte mein Handwerk gelernt und kam auch mit diesen Dimensionen klar. Zehn Jahre nach der Geburt meiner Tochter bekam ich von meinem Ehemann ein zweites Kind, meinen Sohn.

Obwohl meine Ehe damals schon am Ende war, freute ich mich abgöttisch. Es war endlich mal ein freudiges Ereignis in unsere Familie getreten. So konnten wir besser den Schicksalsschlag von vor zwei Jahren verarbeiten – der Herzinfarkt meines Vaters mit knapp 60 Jahren. Ich machte mir Vorwürfe, denn durch meine nicht sehr glückliche Ehe hatte ich ihm oft Sorgen bereitet, obwohl ich ihm eine liebe Tochter war. 1986 kam meine Scheidung. Das war mein erster großer Schicksalsschlag, den ich erst Jahrzehnte später so richtig verarbeitet habe. Meine Eltern spendierten mir das Geld für einen Anwalt, um mich vor zusätzlichen Demütigungen zu schützen.

Schneider gegen Schneider stand auf dem Schild am Gerichtssaal - wie furchtbar für denjenigen, der seinen Mann geliebt hat und seinen Kindern gerne die Familie erhalten hätte. In dieser Zeit waren es vorrangig meine Eltern, die mich finanziell und moralisch, aber auch durch die Samstagsbetreuung meines Sohnes unterstützt haben. Ich habe Versuche unternommen einen Partner- und Vaterersatz zu finden - es klappte nicht und so blieb ich fast 18 Jahre Single mit zwei Kindern.

Heute weiß ich, dass ich damals noch gar nicht bereit war für eine neue Beziehung. Mein Familienstand hatte auch ein paar Vorteile, was die Selbstständigkeit und „Entscheidungsfreiheit" betrifft, aber wegen der fehlenden Liebe habe ich oft in die Kissen geheult, am Tag blieb ich eine dieser so genannten „starken Frauen". Wir fuhren jedes Wochenende auf die Insel zu meinen Eltern, wo wir herrliche Stunden verlebten. Arbeit und Erholung in der freien Natur brachten uns auf andere Gedanken, machten uns müde und brachten uns süße Träume. Als ich etwas mit der ganzen Situation zur Ruhe gekommen war, kam die nächste Wende im wahrsten Sinne des Wortes: der Herbst 1989 - die friedliche Revolution. WIR SIND DAS VOLK! Ich war völlig durcheinander und sprach sehr viel mit meinen Eltern über die neue Zeit.

Ich erinnere mich noch genau daran, wie die Medien verfolgt wurden. Wer morgens noch aktuell war, war mittags schon nicht mehr im Amt. Dann der Tag der Einheit: neues Geld, neuer Ausweis, neue Schule - alles neu und unbekannt. Meine Tochter machte Abitur, mein Sohn kam in die Schule. Fast zwanzig Jahre nach der Wende ist die Euphorie von damals vergangen. In den Köpfen und Herzen wird immer noch nach hüben und drüben sortiert, auch wenn der Rotkäppchensekt den Markt erobert hat. Ja, die 90-er Jahre hatten es in sich in jeder Hinsicht. 1993 traute ich mich, mir mein erstes Auto (Neukauf) anzuschaffen. Meine Tochter nahm für drei Jahre eine Ausbildung an der Medizinischen Schule in Schwerin auf als Radiologische Schwester. Sie lernte einen Hamburger Jungen kennen, der nicht nur Wessi und zehn Jahre älter war und kirchenbesessen - nein, das war es alles nicht, was uns vor den Kopf stieß - er liebte weder die Menschen noch die Tiere noch sich selbst. Er lebte nur für den Tag, an dem der Herr ihn holt. Genau Mitte der 90-er gab es gleich drei große Schicksalsschläge: 1. Meine Operation. Es ging alles gut und als ich anfing mich zu erholen, kam Schlag Nr. 2: mein Vater erlitt den zweiten Herzinfarkt, fiel für eine Woche ins Koma und es stand sein Leben mehr als auf der Kippe. Dank der Medizin, seines Lebenswillens, unserer Liebe zu ihm - er schaffte es.

Auch die Ärzte hatten es nicht mehr geglaubt, er wurde wieder gesund. So konnte er unser Projekt Nr. 3 fortsetzen: den Verkauf unseres Anwesens außerhalb des Ortes und den Neubau im Ort selbst: unsere Doppelhaushälfte. Dieses Wort ist vom Deutschen her eine Zumutung, die Straße, in der sie steht ist ein Zungenbrecher. Es ist der Name eines Stralsunder Ratsherren, der dem Ort das Kloster St. Jürgen als Pesthaus schenkte. Das nächste Jahr in den 90-ern, das unser Leben völlig umstellte, war das Jahr 1997. Mein Vater verstarb aus dem blühenden Leben heraus an einem dritten

Herzinfarkt. Es war ein sehr warmer Samstag. Wir hatten gut gegessen, beim Fußball-Fernsehen ein Gläschen Sekt getrunken und mein Vater sagte wie fast immer: "De Dütschen liern dat Fotballspäln ok nich mir!" Um Mitternacht war er schon tot. Meine Mutter hatte mich geweckt, d. h. ich schlief noch gar nicht, denn ich hatte noch ein Buch gelesen, Mutti sagte, dass ich die 112 anrufen soll. Das tat ich dann auch so schnell es irgendwie ging und dann machte ich mich auf den Weg die DMH und den Notarztwagen einzuweisen, denn wir hatten noch keine Straßenschilder. Ich hielt mich fern vom Haus, als wenn ich so eine undefinierbare Ahnung hatte. Als ich dann doch am Haus war, fragte mich der Arzt, ob ich die Tochter sei und dann wünschte er mir Beileid. Er musste weg in den OP, ein Verkehrsunfall, er verständigte noch unser ausgewähltes Bestattungsunternehmen und machte uns aufmerksam, dass erst am Vormittag ein Totenschein zu bekommen sei. Ich sah, wie meine Mutter, von den Sanitätern fast getragen, die Treppe herunter kam. Wir umarmten uns und weinten und konnten in den nächsten Tagen kaum sprechen, ohne Wasser zu trinken. Wir tranken Unmengen davon um überhaupt einen Ton herauszukriegen. Mein damals 13-jähriger Sohn schlief noch in seinem Zimmer. Auf Anraten des Arztes hatten wir ihn schlafen lassen. Morgens ging ich statt meines Vaters mit unserem Schäferhund Rex Gassi - mein Sohn fragte mich,

8

warum ich das tue und nicht sein Opa. Es kostete mich all meine Kraft ihm zu sagen, was sich in der Nacht ereignet hatte. Am Sonntag fuhren wir in die älteste Stadt der Insel und erledigten alle Formalitäten. Am Vormittag nach dem Kirchgang wartete ich auf der alten Bank auf den Pfarrer um Termine für die Besprechung der Predigt und die Beerdigung zu machen. Am Montag saß ich dann nach Dienstschluss noch in der Zeugniskonferenz bis 16.00 Uhr, dann war ich mit meiner Kraft am Ende. Am 12.06., dem Geburtstag meines Onkels und dem Lehrertag in der DDR war die Beerdigung. Mutti und ich, wir verabschiedeten uns am offenen Sarg. Irgendwie konnten wir alles immer noch nicht fassen. Ich nahm mich sehr zusammen, weil ich in erster Linie meiner Mutter Halt geben wollte. Sie hatte über 50 Jahre mit meinem Vater gelebt und man kann sagen, sie hatten sich gesucht und gefunden. Am 28. März 1948 hatten sie geheiratet. Erst standesamtlich und wenige Stunden später dann kirchlich. Der Pfarrer wollte erst gar nicht, weil der Termin in der stillen Woche vor Ostern war, aber meine Eltern wollten noch vor der Frühjahrsbestellung heiraten und so wurde es dann ermöglicht, als Ausnahme gewissermaßen. Mein Vater hatte den Ehering selbst aus Kupfer geschmiedet, die Garderobe war aus dem Fundus des Stralsunder Stadttheaters entliehen, Zylinder z. B..

Es gab einen Hahn zu Mittag, nachmittags einen Hefekringel und eine Schachtel Zigaretten. Mein Vater hat so laut in der Kirche ja gesagt, dass es ordentlich geschallt hat.

Es war 1997 ein so heißer Sommer, aber wir waren so sehr mit unserer Trauer beschäftigt, dass wir ihn gar nicht richtig wahrnahmen. Meine Mutti wurde im Jahr 1 ohne Vati zweimal lebensgefährlich krank, so dass ich Angst hatte beide Eltern zu verlieren. Aber wir überstanden alles gut und richteten unser Leben völlig neu ein. Es bleibt einem nichts anderes übrig, wenn man nicht selber kaputtgehen will. Ich habe meine Trauer zu sehr verdrängt, dann das beginnende Klimakterium, ich fühlte mich nicht wohl und hörte auf zu rauchen, worüber ich immer noch stolz und glücklich bin. Ja, was passierte noch? Im April gab es gleich zwei Höhepunkte in einem Monat: die Jugendweihe meines Sohnes und die standesamtliche Hochzeit meiner Tochter mit ihrem Hamburger Jung. Nun, über vier Jahre geprüft, sollte es eine Ehe werden. Es wurde alles vom Feinsten hergerichtet - der liebe Gott spendierte ein Traumwetter dazu. Wir, Mutti und ich, waren ziemlich am Ende unserer Kraft und Nerven - die ersten Feste ohne einen lieben Menschen weniger. Mutti fand zuerst wieder Fuß, kaufte sich ein neues Fahrrad und einen CD-Player und schaffte den Wechsel von Arbeit und Entspannung ganz gut. Ich schenkte ihr CD´s von Hansi Hinterseer, den mochte sie nun einmal gern, weil er so ein bisschen Ähnlichkeit mit meinem Vati in jungen Jahren hatte, vor allem eine gute Figur, darauf achtete Mutti immer sehr. Ja, ich blieb in der Stadt, mein Sohn machte einen guten Realschulabschluss, bekam auch von jetzt auf gleich eine Lehrstelle als Kaufmann im Einzelhandel, Bereich Textilien. Er hätte auch zum Fachgymnasium gehen können, eine Bestätigung lag vor, aber er wollte das „schnelle Geld", wie er es nannte. An den Wochenenden waren wir immer zusammen, teilten uns die Arbeit und erfreuten uns bei unseren kleinen Autofahrten an der schönen Insel. Dann rückte das neue Millenium immer mehr heran. Es wurde in den Medien lang und breit angekündigt. Jeder fragt sich ohnehin, was das neue Jahr wohl bringen wird, aber nun ging es doch um größere Dimensionen - wir wollten möglichst lange gesund und als kleine Familie zusammen bleiben. Wir sind alle nicht besondere Silvester-Fans, daher stießen wir mit einem Sekt an und schossen ein paar Raketen ab, um die bösen Geister symbolisch zu vertreiben. Muttis Herzkrankheit machte sich immer mehr bemerkbar. Und ich trug meine Sorgen mit mir herum. Es war ein kaltes Frühjahr 2001. Unsere Bilder Ostern in Putbus ließen eher vermuten, dass wir Spätherbst haben, deshalb schrieben wir extra Ostern 2001 auf die Bilder. Damals konnte ich noch nicht ahnen, dass das die letzten Bilder waren, die Mutti zeigten, wie sie allein laufen konnte.

EIN GANZ ANDERER MAI

Wohl kaum ein anderer Monat erregt so viel Aufsehen wie der Mai. Natur, Frühling, alle Sinne werden mehr als bedient, dieser Aufbruch, diese Nachwirkung von Auferstehung. Die Rapsfelder verwandeln die Insel in gelbe Farbkleckse, die Luft ist erfüllt von so einer klebrigen Süße, die durch die Lüftung bis ins Auto dringt. Mai heißt auch immer Muttertag, Himmelfahrt oder Herrentag, schriftliche Prüfungen in der Schule, Hornfisch, auch Arbeiteraal genannt, und Rhabarber, Spargel und Erdbeeren. All diese Erscheinungen sind für mich bis heute nicht nur positiv, sondern auch negativ besetzt, weil das Ereignis, das sich im Mai 2001 ereignete, meine Sicht auf das Leben, ja auf die Welt allgemein verändern sollte.

Es begann damit, dass mein Sohn zu meiner Mutter fuhr und sich daraus ein Telefonanruf ergab, „dass Oma etwas verändert sei", sprich, sie war im Haus hingefallen, war verwirrt und konnte nicht alleine aufstehen. Ich sprach mit Mutti und sie verharmloste die Situation, so dass ich noch bis 15.00 Uhr zu einer Kurzversammlung ging, hatte aber ein total schlechtes Gewissen und fieberte dem Ende entgegen. Ich fuhr sofort zu Mutti und meinem Sohn, wir wohnten in den nächsten Tagen zusammen, die Anfälle verstärkten sich bis zum 9. Mai, dem Muttertag. Ich brachte es kaum übers Herz, aber ich musste mit Mutti besprechen, ob nicht ein Krankenhausaufenthalt in dieser nun schon lebensbedrohlichen Situation am besten wäre. Sie willigte ein, ich telefonierte und die DMH kam innerhalb von zehn Minuten wie es das Gesetz vorschreibt. Bis 16.00 Uhr war Mutti in der Notaufnahme. Die Ärzte bekamen den Kreislauf nicht in den Griff. Gegen Abend durfte ich zu meiner lieben Mutti. Stau auf der Straße, Rapsblütenduft, mein Heuschnupfen und die Sorge. Ich war froh, als ich nach Stunden endlich bei Mutti war. Für die kommende Woche wurde eine Herzkatheteruntersuchung festgelegt. Genau an diesem Tag gab es im Krankenhaus eine Bombendrohung. Zum Glück war sie nur vorgetäuscht, man fand in einem Schacht mit Feuerwehrschläuchen ein undefinierbares Päckchen - aber bis 20.00 Uhr lebte ich in Angst und Schrecken. Ich konnte mich erst sammeln, als ich per Telefon erfuhr, dass alle Patienten wieder auf Station waren und der geregelte Ablauf wieder einsetzte.

Ich sitze 240 Minuten in der Deutschprüfung - es geht um den Aufsatz. Die Themen sind annehmbar: Kunst, Klima, Freiheit, Regengedicht - diese Bereiche werden tangiert. Das Wetter ist vorwiegend sonnig und freundlich. Meine Klasse besteht nur noch aus 15 Schülern, der Rest ist in

Stufe 9 zurückgetreten. Ich kann schlecht mit diesem Fakt umgehen, aber wenn sie laut Gesetz diese Möglichkeit haben, kann man nichts dazu sagen.

Meine Gedanken schweifen zurück zum Wochenende, speziell zum Muttertag. Meine Tochter aus Hamburg war da - ich konnte sie wieder ein bisschen aufbauen. Es klappt bei ihr nicht so richtig in der Liebe und das letzte Haustier musste auch noch eingeschläfert werden.
Mein Sohn hatte per Internet von Blume 2000 einen Rosentopf schicken lassen und mich angerufen. Am Samstag sind wir zu dritt zum alten und neuen Badehaus Goor gefahren. Anschließend verweilten wir bei Kaffee und Kuchen im „Wreechener Hof" in Neukamp. Wir sprachen nett miteinander. Wir hatten eine schöne Zeit, wie meine Tochter immer sagt, die viel zu schnell verging. Am Sonntagabend ordnete ich noch meine Prüfungskleidung und dann brauchte ich nichts mehr tun. Mein Paul bereitete ein schönes Abendessen zu, wir tranken einen Sekt und sahen nebenbei „Zu Gast bei Carmen Nebel". Es stellte sich jetzt doch so etwas wie Prüfungsangst ein, obwohl oder gerade weil man schon ein Urgestein der Pädagogik ist. Jedenfalls bekam ich noch eine Wärmflasche für meinen Rücken, denn ich hatte Astern und Eisbegonien gepflanzt und hatte Schmerzen. Ich las noch ein paar Seiten in meiner

Gute-Nacht-Literatur, kuschelte mich ein
……………….. und schlief dann ein, irgendwann.
Nach den Untersuchungen folgte die Auswertung
des Herzkatheters. Es gab nur einen Ausweg und
das war eine Bypass-Operation in Karlsburg. Der
stellte die Überlebensprognose, Mutti willigte ein
und bat um einen baldigen Termin, damit ich
Mutti dann in den Sommerferien schön betreuen
konnte. Mutti wurde für ein Wochenende aus dem
Krankenhaus entlassen. Wir waren in ihrem
geliebten Haus, die Anfälle kamen und zeigten uns,
wie notwendig der bevorstehende Eingriff war.
Wir taten alles für die Körperpflege und
versuchten den Ereignissen gefasst entgegen zu
sehen. Denn eine Alternative zur OP gab es lt.
Ärztemeinung nicht. Ich hatte für den Sonntag ein
Taxi bestellt, das Mutti nach Karlsburg fuhr. Mir
war das Herz so schwer, ich konnte einfach nicht
fahren. Mutti hatte sich wie immer hübsch
angezogen: ein altrosafarbenes Rundstrickkostüm,
eine weiße Bluse und das graue Haar gut frisiert.
Wir umarmten uns und versprachen noch am
Abend zu telefonieren. Zuvor war unser Hausarzt
dagewesen und hatte eine vorbereitende Spritze
verabreicht. Er fand sehr herzliche und
aufmunternde Worte: "Ja, dort sind sie schon
richtig aufgehoben", war sein Kommentar.
Am Abend telefonierten wie versprochen und
Mutti sagte, dass die Straße zur Klinik eine
Linkskurve nimmt, dann komme der Park mit den

15

Parkplätzen. Ich hatte später noch immer ihre Worte im Ohr. Am nächsten Tag saß ich wie jetzt in den Prüfungen und konnte mich nur schwer konzentrieren. Mein Sohn wollte die erste Nacht bei seiner Freundin schlafen, ich fuhr ihn mit dem Auto bis fast vor die Tür. Danach fasste ich mir ein Herz und rief mit dem Handy in Karlsburg an, ich erkundigte mich nach Mutti - dieses Gespräch lässt mich heute noch emotional erstarren, wenn ich daran denke.

„Ja, die Operation ist soweit gut verlaufen, aber wir haben jetzt ein neurologisches Problem."
„Was heißt das?"
„Ja, während des Eingriffs oder danach oder beim Herausziehen des Blutschlauchs ist es zu einem Hirninfarkt, sprich Schlaganfall, gekommen."
„Wie äußert er sich?"
„Sprachverlust, Lähmung der linken Körperhälfte."

Mir war als würde ich einen Erdrutsch erleben. Ich wusste nicht, was Kupplung und was Bremse im Auto war, ich wusste nur, dass ich mit dieser Nachricht nicht allein bleiben konnte. Ich rief meinen Sohn an, er möge nach Hause kommen, was er dann auch tat. Ich war wie betäubt und fand einfach keine Ruhe, ich weinte immer wieder, als wenn dadurch irgendetwas bewirkt wurde. Ich ging zu „Tante Anna", eine über 90-jährige Frau in unserer Straße. Ich hielt einfach ihre Hand,

16

sprechen konnten wir nicht. Ich ging zum Friseur, zu unserer Friseurobermeisterin, mit der wir sehr verbunden waren, hauptsächlich wegen des seelischen Beistands.

Ich rief täglich in der Klinik an, bis ich am dritten Tag die Kraft fand Auto zu fahren. Ich fuhr nach Karlsburg und wieder dieser Gegensatz: der Wonnemonat Mai und meine Traurigkeit. Ich sah mich im Park um und hatte Muttis Worte im Ohr von der Straße mit Linkskurve. Ich fuhr mit dem Fahrstuhl zur ITS hoch und klingelte. Da Mutti zur Untersuchung war, setzte ich mich auf einen Stuhl vor der Station. Die Schwestern kamen mit Mutti samt Bett vom CT angefahren. Da sie mich nicht kannten, konnten sie auch nicht abschätzen, wie sehr mir der Mensch in ihrem Bett am Herzen lag. Es war ein Wirrwarr aus Schnüren, Verbänden, Fell, Keilkissen, Sauerstoffmaske. Nachdem ich die grüne Kleidung angezogen hatte, durfte ich zu Mutti. Sie hatte zwar Vitalfunktionen, war aber nicht ansprechbar. Ich stand am Bett und erzählte leise und weinte. Die Schwestern nahmen sich meiner an. Sie erklärten mir, dass man sich nicht fragen dürfe, warum MEINE Mutter? Warum trifft es UNSERE Familie? Sie ermutigten mich mit Mutti zu sprechen, sie zu streicheln, ihre Hand zu halten und ihren Lieblingsduft mitzubringen. Es sei noch nicht medizinisch erwiesen, was solche Patienten im Unterbewusstsein aufnehmen. Ich hatte noch nicht die Kraft lange zu bleiben. Ich ging nach dem Besuch noch eine Stunde im Park spazieren, bis ich hinters Steuer konnte. Ich weinte während der gesamten Fahrstrecke bis auf meine geliebte Insel, war mir aber sicher, dass ich jetzt jeden Tag nach Karlsburg fahren würde.

Ich lernte mit der Situation umzugehen und saß täglich etwa eine Stunde an Muttis Bett und erzählte ihr meinen Tagesablauf. Wenn ich fertig war, fing ich wieder von vorne an. Nach zehn Tagen erlangte Mutti das Bewusstsein und die Sprache wieder. Ich hatte große Angst vor diesem Moment, denn obwohl meine Mutti eine Kämpfernatur war, wie sie ihre eigene B e h i n d e r u n g aufnehmen würde. Wir beide weinten und lagen uns so gut es eben ging, in den Armen. Vor Freude kaufte ich mir eine Keramiktasse und für meinen Sohn ein T-Shirt. Mir schmeckte endlich wieder Essen. Ich versorgte Haus und Hof, fotografierte alle Ecken und Winkel und legte für Mutti ein Album mit Bildern in Postkartengröße an. Täglich fuhr ich nach Karlsburg. Muttis Zustand blieb kritisch, aber es gab eine klitzekleine Hoffnung. Ich sprach immer wieder mit den Ärzten, sie erklärten mir die CT-Aufnahmen. Ich begriff, dass die weißen Flecken Blut bedeuten und sie zeigten mir ziemlich genau, welche Bereiche des Gehirns abgestorben waren. Da Ärzte ja diese emotionale Bindung zum Patienten nicht haben wie ich sie hatte, verliefen diese Gespräche sachlich, aber dennoch unterschiedlich. Die meisten Ärzte kommen aber in meiner Einschätzung der menschlichen Seite gut weg. Nicht geringer zu schätzen ist das Engagement der Schwestern bei einer 1:1-Betreuung.

Die Wochen vergingen und die Klinik stellte an die AOK einen Antrag auf einen Reha-Aufenthalt. Mutti sollte in die Klinik nach Schwaan-Waldeck, ausgerechnet in ihre alte Heimat. Die Entfernung ließ einen häufigen Besuch nicht zu, der aber für den Reha-Erfolg so wichtig war. Muttis Bruder, mein Onkel Günter, wohnte zwar dort, aber das reichte mir nicht aus und so versuchte die Krankenkasse zu bitten, sich um einen Platz in Greifswald zu kümmern. Aber die Bürokratie siegte. So fuhr ich am nächsten Sonntag mit meinem Sohn nach Schwaan-Waldeck. Wir fanden neben einem überarbeiteten Arzt ein leeres Bett vor. Wir hatten zwei Taschen mit Schwimm- und Sportsachen mit, die wir lt. Aussage des besagten Arztes gleich wieder mitnehmen sollten. Es kam so rüber, als wenn er nicht daran glaubte, dass Mutti das je noch brauchen würde. Wir stellten die Taschen in Muttis Zimmer, in dem einige Schwerstkranke lagen. Einige hatten einen Luftröhrenschnitt. Das Zimmer wirkte auf mich beängstigend und meine Knie begannen zu zittern.

Aus dem Gespräch mit dem Arzt erfuhren wir, dass Mutti sich in der Nacht unbewusst alle Schläuche herausgerissen hatte. Durch den hohen

Blutverlust wurde ihr Zustand lebensbedrohlich und sie wurde in die Universitätsklinik in die Schilling-Allee gegenüber dem Ostsee-Stadion eingeliefert. Wir fuhren dort hin. Die ITS war im Keller untergebracht. Ein Bett, eine Tuchwand - wie in der Sardinenbüchse lagen die Patienten. Der diensthabende Arzt machte uns wenig Hoffnung. Er vermutete lt. CT eine weitere Blutung und Mutti sollte in die Schlaganfall-Klinik nach Rostock-Gehlsdorf gebracht werden.

Das passierte dann auch nach einigen Schwierigkeiten mit dem Transport. Wir fuhren nach Gehlsdorf und hatten gleich einen angenehmen Eindruck vom gesamten Haus und Personal. Obwohl es ein Altbau war, hatte ich das Gefühl, dass hier alles für Mutti getan wurde. Eine Ärztin mit ausländischem Akzent klärte mich auf über den Zustand, der bei Mutti wahrscheinlich bestehen bleiben würde: Lähmung linksseitig, Blaseninkontinenz. So sollte es dann auch kommen. Ich fuhr nun, da ich Sommerferien hatte, jeden Tag nach Rostock - Gehlsdorf. Da wir noch nicht die Umgehungsstraße hatten, brauchte ich manchmal eine Stunde, um aus der Stadt herauszukommen. Ich wurde von den Schwestern immer nett begrüßt, mir wurde Wasser gereicht und ich bekam gesagt, wie Muttis Zustand war. Die Schwestern betonten immer wieder, wie wichtig meine Besuche für Mutti seien. Auch wenn ein Außenstehender denken würde, dass Mutti mich gar nicht wahrnehmen würde. Ihr Zustand stabilisierte sich im Rahmen der Möglichkeiten, eine Wundschwester kontrollierte täglich die großen Wunden am Bein und Brustkorb. Eine Physiotherapeutin richtete Mutti auf, damit der Kreislauf nicht erlahmte. Ich teilte dem zuständigen Arzt meinen Wunsch mit für Mutti einen Reha-Platz in Greifswald zu bekommen. Er beantragte ihn bei der AOK und es klappte. Ich war froh!

DIE REHA IN GREIFSWALD

Mutti kam auf die Schwerstpflegestation des Reha-Zentrums in der Karl-Liebknecht-Straße, in der hauptsächlich Patienten mit neurologischen Problemen waren, z. B. junge Männer nach einem Motorradunfall. Für die Klinik hatte Hannelore Kohl, die Frau des Ex-Bundeskanzlers, 1 Million DM gespendet für Forschung und Einrichtung, z.B. für Spezialcomputer für Menschen mit Hirnschäden. In der Klinik waren die einzelnen Stationen farbig gekennzeichnet, die Station konnte nur mit Hilfe eines Zahlencodes betreten werden. Es gab keine geregelten Mahlzeiten. Man war nicht blumenbringender Besucher, der eine Stunde am Bett saß und erzählte, sondern man war so eine Art Hilfsschwester: Papierlätzchen holen, Getränke andicken, Essen vom Wagen nehmen, füttern, mit Hilfe von zwei Schwestern zur Toilette gehen mit Mutti im Rollstuhl. Ja, erstmals taucht dieses Wort auf. Zunächst ein Leihrollstuhl von der Klinik, groß und klobig, vor Weihnachten kam dann der für Mutti angefertigte von der Firma „Otto Bock" in Greifswald. Daher wurde der Rollstuhl von Mutti liebevoll „Mein Otto" genannt. Wie gesagt - später. Wir hatten uns auch ohne Sprache verstanden, wir waren aber doch sehr froh, als sich die Sprache mehr und mehr besserte. Da Mutti einen Eklekt hatte, d. h. durch den Schlaganfall zur rechten Seite schaute, egal, was passierte, sollte ich mich immer auf die linke Seite stellen oder setzen, damit sollte sie ein Gefühl für die linke Körperhälfte entwickeln. Ich musste immer an den Mann aus der Odol-TV-Werbung denken, der ohne Odol nur zur Hälfte abgebildet war.

Zurück zur Station: ich würde sagen, dass ich hier dem Urchristentum sehr nahe war, denn man widmete sich nicht nur seinem lieben Menschen, sondern nahm alle wahr, obwohl man keinen Namen kannte, man half, weil geholfen werden musste. Ich hatte das in dieser Form noch nicht erlebt, dass alles Unwesentliche nach hinten rückte, dass nur der Jetzt- oder Ist-Zustand Bedeutung hatte. Das war gleich ein ganzes Paket von Problemen und so lehrte ich am Vormittag meinen Schülern Deutsch und Geschichte und soziales Verhalten, am Nachmittag war ich die

Lernende auf einem Gebiet, das mich jeden Tag neu forderte. Ein Problem war, dass für Mutti eine gesetzliche Vertretung gefunden werden musste, da sie nicht allein über sich entscheiden konnte. Ich bewarb mich dafür. Die Sache ging aber nicht voran, weil der Rechtsanwalt nur dann Zeit hatte, wenn ich nicht konnte. So blieb es, bis Mutti wieder über sich selbst entscheiden konnte. Ich wollte jetzt Mutti schrittweise an die frische Luft gewöhnen. Ich begann mit fünf Minuten auf dem Dachgarten der Klinik. Ich hatte Decken, Sonnenhut, Sonnenbrille, Sonnencreme, Walkman mit Kassetten von Hansi Hinterseer dabei, weiterhin ein Stativ mit verschiedenen Flaschen, den Dauerkatheter, einen Tisch am Rollstuhl mit verschiedenen Keilkissen zur Stabilisierung des linken Arms. Der erste Versuch ging gut und ich erhöhte in Absprache mit den Ärzten täglich die Minuten. Schließlich sprach ich mit den Ärzten und Schwestern, ob ich das Klinikgelände verlassen dürfe, um mit Mutti im angrenzenden Arboretum spazieren zu fahren. Es wurde genehmigt und so fuhren wir täglich in dieser Baumpflanzung zu Studienzwecken. Mutti erlangte solche Perfektion im Betrachten, dass sie schon immer sagte: "Jetzt kommt Sibirien, jetzt kommt Kanada usw." Ich nahm angedicktes Trinken mit, damit die Trinkmenge pro Tag geschafft wurde. Flüssigkeiten mussten mit einem Geliermittel aufgeschlagen werden, da Mutti ihren

Schluckreflex erst wieder erlernen musste. Zu diesem Zweck war sie in einer Forschungsgruppe mit Greifswalder Studenten. Da ich täglich in Greifswald war, nahm ich auch an der einen und anderen Therapie teil. Diese Besuche waren für mich in zweifacher Hinsicht beeindruckend: einmal Hut ab vor meiner Mutti, die mit ihren fast 78 Jahren kämpfte, um möglichst viel zu erlernen. Hut ab aber auch vor dem medizinischen Personal und den Professoren und Doktoren, die diese Programme entwickelt hatten. Dazu kam die Familie, die Mutti emotional auffing und unterstützte. Dieser Dreierkombination ist der Erfolg zu danken: Patient / medizinisches Personal / Familie. Ich möchte auch nicht vergessen unseren Hausarzt in Dankbarkeit zu erwähnen. Er erkundigte sich ständig nach Muttis Befinden und soll noch eine wichtige Rolle spielen. Der Sommer nahm seinen Lauf, die Kornernte begann und Muttis Geburtstag rückte immer näher. Mutti war nun auf eine andere Station verlegt worden, auf der der Patient schon mehr alleine können musste. Ich beschloss für mich auf beiden Stationen ein Geburtstagsfrühstück für Mutti auszurichten. Ich erkundigte mich nach den Anbietern und bestellte alles in der Klinikküche. Als Geschenk wählte ich eine Keramikfigur - angefertigt von einer befreundeten Künstlerin - gegen Bezahlung natürlich. Sie stellte eine Blumenfrau dar.

Mein Sohn, meine Tochter und ich fuhren nach dem Frühstück nach Greifswald und gratulierten Mutti von ganzem Herzen. Auf beiden Stationen gab es ein leckeres Frühstück - danach machten wir Bilder und nahmen an den Vormittagstherapien teil, damit Mutti spürte, dass heute an ihrem Ehrentag ihr besonders die ganze Aufmerksamkeit galt. Mittags gingen wir zum Chinesen und saßen dann noch eine Weile im Bäumepark. Kaffee und Kuchen wurde für alle im Aufenthaltsraum aufgedeckt. Ein Besucher aus Rambin war auch da, so dass sich schöne Gespräche entwickelten. Sein Vater war früher Bahnbeamter gewesen, er erzählte von einer Einwohnerin, die gerade ihren 100-sten Geburtstag feierte. Wir hatten ein gutes Gefühl, als wir nach dem Abendbrot heimfuhren. Trotz der Klinikatmosphäre war es ein besonderer Tag geworden. Bis zum 13.August nahm der Alltag seinen Lauf. Ich fuhr nach Greifswald und kümmerte mich bis ca. 18.00 Uhr um Mutti, nahm sehr viel Anteil an ihrer Genesung und an den Schicksalen um mich herum. Ich lernte unheimlich viel dazu an Fachbegriffen, an praktischen Tricks und Kniffen im Umgang mit „pflegebedürftigen Menschen", egal, welche Formulierung man wählt, es gibt keine, die den betroffenen Menschen nicht irgendwo ausgrenzt. In diese Zeit fallen der Selbstmord von Hannelore Kohl und ihre ergreifende Trauerfeier im Dom zu Speyer. Ich hörte genau hin, wie meine Umgebung diese Tat aufnahm. Die meisten Menschen zeigten kein Verständnis für diese Handlung. Ich war durch meine vielen Klinikbesuche etwas sensibilisierter für dieses Thema. Ich hatte schon erwähnt, dass Hannelore Kohl auch für die Klinik, in der Mutti war, gespendet hatte. Deswegen war das Ereignis auch Stationsgespräch. Am 13. August kam Mutti das erste Mal für einen Tag auf Probe nach Hause. Zum Abendbrot musste ich sie wieder hinbringen. Seit dem 9. Mai war sie nicht mehr in ihrem schönen Haus gewesen - wie würde sie das aufnehmen und verkraften? Wir putzten das Haus, so dass man mit dem sprichwörtlichen weißen Handschuh durchgehen konnte. Ich gab beim Tischler eine schiefe Ebene in Auftrag, damit ich mit dem Rollstuhl besser ins Haus konnte. Die Klinik hatte alles für die „Reise" da: Pampers, Tabletten, Geliermittel u. a. - eine Schwester kam mit auf den Parkplatz und zeigte uns ein paar Handgriffe für das Umsetzen vom Rolli in das Auto. Meine Tochter war aus Hamburg mit ihrem BMW da, so dass wir mehr Platz hatten als in meinem kleinen Peugeot. Essen kauften wir vorgekocht, denn dafür blieb an diesem ersten Heimfahrtstag keine Zeit. Wir fuhren sehr behutsam und fragten immer, ob Mutti das alles abkönne. Auch den Blick von der Brücke über den Sund verkraftete sie gut. Als wir zu Hause angekommen waren, spielte der Kopf nicht mehr mit. Wir waren zunächst erschrocken und hilflos. Mutti glaubte für sich erkannt zu haben, dass ihre Mutter, also meine Oma, gestorben sei und wir hätten es ihr nur nicht gesagt. Sie war nicht vom Gegenteil zu überzeugen, weinte ganz fürchterlich und regte sich auf - wir machten uns große Sorgen. Erst eine Woche später hatte sie Tränen in den Augen und erkannte ihren Irrtum, denn meine Oma war schon etliche Jahre verstorben.

Irgendwann beruhigte sich Mutti und es wurde noch ein schöner Tag, am Abend mussten wir Mutti wieder nach Greifswald bringen.

Wir bekamen aber die Zusage, dass das nächste Wochenende mit Übernachtung genehmigt ist. So blieb es dann bis zur Entlassung Ende September/Anfang Oktober. Wir spielten uns ein mit dem Leihrollstuhl, der sehr klobig und schwer war. Aber man konnte über Stock und Stein fahren, ohne dass Muttis Wirbelsäule schmerzte. Als wir im Putbusser Park waren, hatten wir auf dem Parkplatz hinter einem großen Baum die Fußstützen vergessen. Wir fuhren gleich am Sonntagmorgen noch einmal hin und fanden die Teile zum Glück unversehrt vor. Auf den Feldern um Greifswald herum machte die Kornernte große Fortschritte, Mähdrescher zogen ihre Bahnen und überdimensionale Strohballen lagen auf den Feldern. Mir fiel das Gedicht von Sarah Kirsch „Im Sommer" ein, in dem sie auch diese dörfliche Idylle beschreibt (Kornfelder, Buchsbaumhecken,

27

Pflaumenmuskessel ... ohne Zeitung - Glück pur).
Die Zeichen auf den Feldern signalisierten das
Ende der großen Sommerferien und den
Schulanfang. Mutti machte weiterhin Fortschritte
in der Therapie, wenn auch nur kleine, der Arzt
sagte mir aber auch, dass, wenn der MDK keine
neuen Lernpunkte vergeben kann, dass dann die
Reha als beendet gilt und es Sache der
Angehörigen sei, wo sie mit ihrem
Familienmitglied bleiben. Der für mich schwerste
Schritt stand mir nun bevor: Mutti zu sagen, dass
sie nicht wie früher allein in ihrem schönen
Häuschen leben konnte, sondern dass sie eine 24
Stunden-Rund-um-die-Uhr-Betreuung brauchte.
Ich hatte mir so oft in Gedanken die Worte zurecht
gelegt, aber ich schaffte es nicht allein. Ich stellte
meinen Kummer unserem Hausarzt vor und er
half in einer Art und Weise, die ich ihm nicht
vergessen werde in positiver Hinsicht. Er sprach
von der Verantwortung, die er und ich für Mutti
haben und dass wir sie nicht einfach unbeholfen in
der Wohnung zurücklassen dürfen. Ich lag Mutti
in den Armen und versprach ihr sie so oft wie
möglich nach Hause zu holen. Und dieses
Versprechen habe ich nie gebrochen. Ich hatte
während der gesamten Ferien Kontakte geknüpft
mit Pflegeheimen, sogar mit kirchlichen
Einrichtungen - alles ergebnislos. Eine 1:1-
Betreuung war nicht bezahlbar für den
Durchschnittsbürger. Auch das hatte ich probiert

als Arbeitgeber eine vom „Arbeitsamt schwer zu vermitteInde Frau" einzustellen, aber dieser Versuch scheiterte an der Höhe der Sozialabgaben und an der Entfernung der drei Bewerberinnen - der nächstgelegene Ort war Karnin. Ich musste dieses Projekt verwerfen. Diese Gedanken lasteten schwer auf meiner Seele. Einen Heimplatz - ein furchtbares Wort - müsste man Jahrzehnte vorher beantragen um im Fall X auf der Liste weit vorne zu stehen. Der Mensch verroht gefühlsmäßig so sehr, dass er sich über den Tod des anderen fast freut, denn dadurch rückt er selber auf der Liste eine Stelle nach vorne. Iststand war: ich hatte viel gewagt, stand aber mit leeren Händen da. Einige rieten mir, mich mit meinem Wissen über die Altenpflege an die Öffentlichkeit zu wenden, aber die Zeiten, in denen ich Pawel Kortschagin gespielt hatte, waren lange vorbei. Aber es sollte noch dicker kommen.

KOMMT JETZT EIN WELTKRIEG?

Ich fuhr am 11. September 2001 gegen 14.30 Uhr auf der Straße nach Greifswald, als das Radioprogramm durch eine Sonderinformation unterbrochen wurde. Soeben war ein Flugzeug in einen New Yorker Turm geflogen, man konnte sich das nicht erklären, da die Sicht so gegen 08.3o Uhr Ortszeit gut war. Wenig später wurde gemeldet, dass ein weiteres Flugzeug in den zweiten Turm geflogen sei. Und jetzt verdichtete sich die Vermutung, dass es sich nicht um ein Unglück, einen Unfall handelte, sondern dass wir es hier mit einer völlig neuen Form von TERROR zu tun hatten. Ich kam in der Klinik an, bat um einen Stuhl und ein Glas Wasser, hier hatte man von diesen Ereignissen noch keine Ahnung. Der Arzt stand bereit und wollte mit mir sprechen. Ich erzählte von der Radiomeldung und er schaltete sofort das Fernsehgerät im Aufenthaltsraum ein. Ärzte und Schwestern eilten hinzu und es wurden immer wieder die Bilder der beiden brennenden Türme gezeigt. Meine Mutter bekam wie alle Patienten auf der Station von alledem zum Glück nichts mit. Als ich zu Hause angekommen war, rief ich in meiner Verzweiflung erst einmal Onkel Günter, Muttis Bruder, an und fragte ihn, ob es jetzt zu einem Weltkrieg kommen könnte. Er verneinte das, sagte aber auch, dass die Lage mehr als ernst sei. An diesem Abend hatten alle Sender nur ein Programm - Peter Kloeppel von RTL leitete höchstpersönlich die Berichterstattung. Ich denke, alle konnten diese Ereignisse noch gar nicht richtig fassen. Dramen hatten sich abgespielt und spielten sich teilweise noch ab. Ich denke da an die Feuerwehrmänner, die helfen wollten und selber Opfer des Terrors wurden. Ich fand keine Ruhe und schon gar keinen Schlaf. Meine Nerven hatten allerhand in den letzten Monaten aushalten müssen. Ich glaube, jeder war irgendwie berührt, auch wenn er sich sonst nicht für Politik interessiert. Das merkte ich auch bei meinen Schülern, es gab viele Fragen, auch Ängste - eins stand fest: nichts würde mehr so sein wie früher - nie wieder würden die Menschen so sorglos sein können wie vor dem Anschlag. Nach diesem weltpolitischen Einschnitt sollten nun auch privat neue Probleme auf mich zukommen. Der MDK stellte bei Mutti keine nennenswerten Fortschritte mehr fest und drängte auf möglichst baldige Entlassung. Ich kämpfte für Mutti und wie auf Bestellung lernte sie sich mit einem großen Gestell fortzubewegen. Es war so eine Art Rollator für den ganzen Körper. Das brachte uns noch etwa zwei Wochen zusätzlich ein. Aber ich geriet mehr und mehr unter Druck hinsichtlich eines Pflegeplatzes. Auch hier tat sich mir in der Not eine Möglichkeit auf Mutti „unterzubringen". Es war das erste und bisher einzige Mal, dass ich auf „Vitamin B" zurückgriff. Jedenfalls hatte es dank Beziehungen geklappt, Mutti wurde entlassen und hatte einen Pflegeplatz. Ich bekam den Leihrollstuhl, Tabletten und Pflegematerial für ein paar Tage mit nach Hause und vor allen Dingen meine Mutti. Uns beiden stand am Sonntag die Fahrt ins Pflegeheim bevor, aber wir nutzten bis dahin die verbleibenden Stunden aus.

IM PFLEGEHEIM IN GINGST

Am Sonntag, dem 3. Oktober 2001, regnete es den ganzen Tag. Man kann fast sagen, der Himmel weinte mit uns. Wir überprüften unser Gepäck und fuhren so, dass wir zum Abendbrot zu 18.00 Uhr da waren. Ich fuhr in den Ort hinein. Die Straße war rechts und links mit großen Kastanienbäumen gesäumt. Sie war schmutzig durch die Erde, die durch die Kartoffelerntemaschinen vom Feld auf die Straße gebracht wurde. Durch den Regen wurde daraus eine richtige Rutschbahn. Wir erledigten alle Formalitäten, räumten den Schrank ein und stellten Blumen hin. Wir legten eine Liste an mit Dingen, die noch besorgt werden mussten. Die Schwestern sagten dann zu Mutti, sie solle auf die Toilette gehen. Ich war fassungslos, dass sie sich nicht einmal über Muttis Behinderungsgrad informiert hatten. Der Zeitpunkt der Verabschiedung war gekommen. Ich sagte Mutti, dass ich sie am Mittwoch besuchen käme. Ich nahm sie in die Arme und verließ mit sehr gemischten Gefühlen das Heim. Doch irgendwie musste ich dankbar sein, dass sich solch eine Möglichkeit geboten hatte. Dennoch hatte ich ein ganz schlechtes Gewissen, mir tat alles so leid, dass es so gekommen war. Für zweieinhalb Jahre pendelte ich nun von Stralsund nach Rambin und von dort nach Gingst und zurück. Das war so mein Bewegungsfeld. Ich fuhr am Mittwoch zu Mutti und war positiv überrascht. Sie gab sich alle Mühe der Welt sich schnell einzuleben. Sie stellte immer wieder hohe Anforderungen an sich selbst und hatte einen schon fast angeborenen Optimismus, an den ich heute in schwierigen Situationen oft denken muss. Wir alle gaben uns Mühe aus der bestehenden Situation das Beste zu machen. Wir hatten in Gingst Freunde zu wohnen. Ein Ehepaar in Muttis Alter wohnte da. Mein Vater und der Mann dieser Familie waren seit ihrem 18.Lebensjahr Arbeitskollegen auf dem Fliegerhorst Bug in Dranske. Hier bauten sie je nach Führerbefehl Sanitätsmaschinen in Kampfmaschinen um und umgekehrt, je nach Führerbefehl. Diese Familie besuchte Mutti von Zeit zu Zeit im Heim. Wir luden uns gegenseitig zu Familienfesten ein und zu einer gemütlichen Runde in der Gaststätte, z. B. zum Adventskaffee. Außerdem hatten wir freundschaftlichen Kontakt zur Keramikmeisterin am Ort. Sie hat eine so lebensfrohe Art. Auch sie besuchte Mutti, der Hund „Petersilie" musste allerdings draußen bleiben. Wir knüpften Kontakte zur Apotheke, zur Zahnärztin und zum Blumenladen. Zum Friseur konnte Mutti alleine mit dem Fahrstuhl fahren und sich chic machen lassen. Zuhause kaufte ich mir ein Gästebett, das ich im Wohnzimmer aufstellte, um in Muttis Nähe zu sein in der Nacht, denn die erste Etage war für Mutti nicht mehr erreichbar. Ich ging einmal in der Woche zum Aqua-Jogging um mich fit zu halten. In schöner Regelmäßigkeit machte unser Hausarzt seine Besuche, entweder am Samstag oder am Sonntagvormittag. Der Blutdruck wurde gemessen, Rezepte wurden ausgestellt, aber ebenso wichtig waren die Gespräche.

Es wurde über Gott und die Welt erzählt: Was gibt es für ein Essen? Was gibt es in der großen und kleinen Politik? Wie spielte HANSA und wen sollen wir bloß wählen? Stets gab es auch ein Lob für Mutti, weil sie so aktiv und interessiert war. Es gab auch ein paar anerkennende Worte für mich, für mein Engagement und das tat manchmal richtig gut, denn ich ging oft an die Grenze meiner Belastbarkeit. Mutti mochte sich gern ein wenig nützlich machen. Ich stellte ihr das Geschirr auf den Tisch und sie trocknete es ab. Ich ließ sie mein Essen kosten und war dankbar für jeden Rat. Wir beide gestalteten uns die Zeit so gut wie möglich. Besonders schön waren unsere Ausfahrten auf die Insel. Jetzt wählte ich unsere Ziele nach ganz anderen Gesichtspunkten aus als früher: Wo gibt es eine behindertengerechte Toilette? Wo ist der Parkplatz in der Nähe vom Strand? Wir fuhren öfter nach Putbus/Lauterbach und nach Baabe, weil hier diese Bedingungen gegeben waren. Wir machten Fotos und freuten uns, dass wir diese schwere Zeit gemeinsam meisterten. Ab

Sonntagmittag änderte sich unsere Stimmung, sie schlug um in eine Bedrücktheit, in so eine schleichende Traurigkeit. Mutti hatte es gern noch zu Hause Abendbrot zu essen. Ich erfüllte ihr diesen Wunsch bis auf ein paar Sonntage im Winter, denn bei Glatteis und Schneechaos fuhren wir zu 16.00 Uhr hin. Ich belud das Auto, setzte Mutti auf den Beifahrersitz, verstaute den Rollstuhl und schloss das Haus ab. Von da an bis zum Heim sprachen wir kaum miteinander. Es war der furchtbarste Moment der ganzen Woche. Einmal wollte Mutti nicht aussteigen. Ich weinte und flehte sie an es mir nicht noch schwerer zu machen. Mutti sah es wohl irgendwie ein und ließ sich in den Rolli setzen. Ich stellte die Blumen ins Wasser, ordnete die Wäsche in den Schrank und zog Mutti noch das Nachthemd an. Dann verabschiedete ich mich bis Mittwoch, sagte den Schwestern Bescheid und fuhr nach Stralsund. Hier bereitete ich mich auf die Schule vor und hätte noch ein paar Stunden Entspannung gebraucht. Manchmal hatte ich mir Kosmetik oder Schmuck bestellt. Die Familie im Parterre nahm die Päckchen meistens an und ich holte sie mir denn ab und wir sprachen noch ein paar Worte. Dann hatte mich der Alltag bald wieder. Den Jahreswechsel erlebten wir in aller Stille, aber schön. Mutti hatte immer noch die Hoffnung, dass sie irgendwann mit ihrem Bein wieder allein laufen kann. Ich bestärkte sie in diesem Gedanken, denn ohne Hoffnung wäre ihre

Situation noch viel unerträglicher gewesen. Wir wünschten uns ein frohes neues Jahr und ich versicherte Mutti, dass ich ihr nach wie vor in allen Dingen tapfer zur Seite stehen würde. Wir versuchten auch weiterhin ein ganz normales Leben zu führen, Mutti überall mit hinzunehmen, damit sie eine schöne Lebensqualität hatte. Ein sehr beeindruckendes Erlebnis war die Goldene Hochzeit unseres befreundeten Ehepaares in der Gingster Kirche. Die Predigt hielt ein katholischer Pfarrer aus Bergen. Wir saßen im Altarraum. Muttis Rollstuhl durfte auf der Grabplatte stehen, damit wir uns auch einreihen konnten. Das Goldpaar wartete vor der Kirche. Mit Beginn der Orgelmusik holte der Pfarrer die beiden ab und geleitete sie zu den mit Myrthe und Blumen geschmückten Stühlen.

Nach einigen Liedern hielt der Pfarrer die Predigt, die eigentlich gar nicht so viel mit Kirche zu tun hatte, sondern eher allgemein menschlich gehalten war. Er sagte, dass dieses Fest heute nicht mehr oft gefeiert wird, weil nicht geheiratet wird oder mehrfach geheiratet wird oder ein Partner nicht mehr am Leben ist. Dann erteilte er dem Goldpaar erneut den Segen und dann uns. Das war so feierlich, dass mir ein paar Tränen entrollten. Anschließend wurde ein schönes Fest gefeiert und wir waren dabei. Wir hatten eine Vase mit Brautpaar anfertigen lassen und mit Motiven darauf vom ersten Kennenlernen, z. B. mit einem

Fahrrad. Ja, wenn ich heute die Fotos sehe, denke ich immer noch an die schönen Momente. Sehr gern erinnere ich mich auch an die beiden Besuche bei Muttis Bruder in Schwaan. Wir waren eine fröhliche Runde im Garten.

Aber es gab auch Ereignisse, die uns alle Kraft und allen Lebensmut abverlangten. So bekam Mutti es Weihnachten 2002 mit der Galle. Sie sah zitronengelb aus und musste gleich nach dem Fest ins Krankenhaus. Am zweiten Feiertag lagen meine kranke Mutti auf der Couch und die Krankenhauseinweisung auf dem Tisch. Unser Hausarzt hatte vor Urlaubsantritt noch alles ausgefüllt und Mutti am Morgen nach Weihnachten noch in der Klinik angemeldet. Ja, die Diagnose war eindeutig, es war die Gallenblase, die nicht richtig funktionierte. Muttis Herz hielt lt. Auskunft des Arztes eine OP nicht mehr durch. Es musste eine andere Lösung gefunden werden und wurde auch. Im Stralsunder Klinikum praktizierte ein Arzt eine Methode, die für Mutti geeignet war. Unter Betäubung wird über den Mund ein Miniskalpell eingeführt, mit dem ein kleiner Schnitt zur Erweiterung der Öffnung der Gallenblase gemacht wird. So erkläre ich das mal als Nichtmedizinerin. Es glückte, es wurde zwar Muttis Stiftzahn beschädigt, aber der ließ sich reparieren. Schlimmer war den ständigen Ortswechsel zu verarbeiten, zwei Kliniken, dann wieder im Heim, dann wieder zu Hause. Mutti war total durcheinander, aber mit viel Liebe und Geduld bekamen wir das alles wieder hin. Wir waren so froh, dass die Medizin so weit entwickelt war, dass meiner Mutti geholfen werden konnte. Ja, wir hatten es wieder einmal geschafft und richteten uns unsere kleine Welt neu ein.

Der 80-ste Geburtstag im Sommer 2003 sollte ein schöner Höhepunkt für Mutti und für uns alle werden. Schon Monate vorher liefen die Planungen und Vorbereitungen, es machte Spaß und mir liegt das Ausrichten von Festen aller Art, das wurde mir schon öfter bestätigt. Endlich war der Tag da mit Blumen, einem Ständchen, mit Geschenken und einem herrlichen Wetter. Am Abend vor dem Geburtstag war ich mit meinem Schwiegersohn zu „Zar und Zimmermann" auf der Seebühne in Stralsund. Der Sohn von Rainer Süß spielte mit. Es war ein Genuss. Am Geburtstagsmorgen gab es ein gutes Frühstück und Geschenke, dann kamen Gratulanten und ab 10.00 Uhr die geladenen Gäste, denn ab 11.00 Uhr fuhren wir mit zwei Großraumtaxen nach Lauterbach zum Victoria-Hotel. Der Taxifahrer unseres Kleinbusses nahm Mutti einfach in den Arm und setzte sie auf ihren Platz. Wir erzählten lebhaft und die Gäste lernten sich schon etwas kennen. Im Hotel hatten wir das Fischerzimmer für das Essen bestellt.

Unsere Keramikmeisterin hatte schon Naturblüten auf den Tischen ausgestreut und bemalte Fliesen mit Namen auf die Plätze gelegt. Zu Beginn der Feier hielt ich eine kleine Rede, in der ich Muttis Ehrentag würdigte und den Gästen für ihr Kommen dankte. Wir stießen auf das Wohl des Geburtstagskindes an und speisten ausgiebig. Danach gingen wir im Ort spazieren und gegen 16.00 Uhr fuhren wir dann nach Baabe zum Soldhus am Bollwerk. Dort erwartete die Hotelleitung Mutti schon. Mit dem Treppenlift ging es ohne Probleme ins Haus. Im Sitzungszimmer war für uns die Kaffeetafel eingedeckt. Einige unserer Gäste bezogen ihre Zimmer. Alle waren sehr angetan vom schönen Ambiente. Zur Eröffnung der Kaffeetafel hielt mein Schwiegersohn eine Rede, d. h. er sprach ein selbstgedichtetes Gedicht, das große Etappen in Muttis Leben zum Inhalt hatte. Der Refrain ging so: „80 Jahre - volle Kraft - sag, Oma, wie hast du das geschafft?" Wir ließen uns die süßen Köstlichkeiten schmecken, erzählten, gingen ein paar Schritte vor das Haus und ich fuhr mit Mutti ins Hotelzimmer und legte sie auf das Bett. Wir riefen Onkel Günter an, der aus gesundheitlichen Gründen nicht gekommen war. Zum Abendbrot gab es ein wahres Feuerwerk an kulinarischen Raritäten. Am Abend wurde dann noch gesungen, etwas vorgelesen - wir hielten alle bis 22.00 Uhr durch. Für Mutti war das eine sehr beachtliche Leistung. Als sie dann zu Hause in ihrem Bett lag, war sie auch erschöpft und schlief gleich ein. Am nächsten Tag holten wir die Hotelgäste ab, es gab großes Resteessen und einen Dorfspaziergang - am Nachmittag fuhr dann der letzte Besuch nach Hause. Ich setzte eine Danksagung in die Zeitung - es war wirklich ein gelungenes Fest.

Heute fahre ich mindestens einmal pro Jahr ins Soldhus und lese mir im Gästebuch unsere Eintragung durch - es sind so wunderschöne Erinnerungen an diesen Tag, die frischt man gerne noch einmal auf. Meine Tochter mit ihrem Mann besuchte uns häufig. Sie hatten auch ein fundamentales Problem - die Kinderlosigkeit. Um aus der Not eine Tugend zu machen, wurde eine Katze als neues Familienmitglied angeschafft. Es war eine Kurzhaarperserkatze und sie sah aus wie Sheba aus der TV-Werbung für Katzenfutter. Sie hörte auf den Namen Maxi und war ein ganz entzückendes Wesen. Zwar war sie nicht sehr schmusefreudig, dennoch gut zu leiden und klug. Eines Morgens saß sie wie bestellt im Rollstuhl und bot ein ganz reizendes Bild. Ich bewegte den Rollstuhl vorwärts und sie blieb wie angeklebt sitzen und genoss scheinbar die kostenlose Fahrt. So ging durch Maxi ein seltsamer Zauber vom Rolli aus. Dieses kleine Wesen hatte uns eine unverhoffte Freude gemacht. An einem Samstag im April 2004 gönnten wir uns mal etwas Schönes. Ich hatte meine Kinder aus Hamburg zu einem Varietee-Programm in den Kurhaussaal nach Binz eingeladen. Ich hatte einfach mal Lust mich schön anzuziehen und ein bisschen Abwechslung zu genießen. Das wurde dann auch ein schöner Abend mit vielfältigen Darbietungen. Am Sonntag holten wir Mutti dazu und verlebten noch schöne Stunden gemeinsam. Ich weiß noch, wie Mutti sagte:" Wenn ich das mit dem Bein nicht hätte, wüsste ich gar nicht, dass ich 80 bin!" Wir stellten uns um Mutti herum und sagten:" Hier stehen alle, die dich lieb haben."

In der Nacht von Sonntag zu Montag passierte dann der zweite Schlaganfall. Ich wurde telefonisch benachrichtigt. Mutti kam in die Schlaganfallklinik nach Greifswald in die Loefflerstraße, später wurde sie dann in die neue Notaufnahme verlegt. Der Schlag war wesentlich stärker als beim ersten Mal: rechtsseitige Lähmung, Sprachverlust (nicht sprechen können und Sprache auch nicht verstehen), Schluckreflex nicht mehr vorhanden... Die Ärzte machten mir wenig Hoffnung auf Besserung. Irgendwie hatten sie so im Unterton, dass für Mutti die Erlösung am besten gewesen wäre. Doch ich konnte nicht loslassen und quälte mich mit immer neuen Gedanken und Ängsten. Es gab nach einer Zeit der Stabilisierung auf unterster Ebene eine Reha-Maßnahme in der Klinik von 2001 in der Liebknechtstraße. Ich fuhr zwei- bis dreimal wöchentlich meine „alte Tour" nach Greifswald. Meine Verzweiflung war grenzenlos. Es gab keinen Zuwachs an Hirnleistung, an Mobilität. Mutti erkannte mich nicht, nicht einmal

41

der Augenkontakt funktionierte. Ich blieb treu an ihrer Seite. Ich wurde nun gesetzliche Vertreterin von Mutti und musste auch gleich eine große Entscheidung treffen. Es musste eine Magensonde unter Betäubung gelegt werden. Mutti würde das Essen nicht wieder so erlernen, dass sie sich damit am Leben erhalten konnte. Es wurde eine Gewissensentscheidung für mich, denn kein Arzt kann für einen Eingriff garantieren. Ich wollte aber auch nicht, dass Mutti irgendwo in einem Pflegeheim unterernährt liegt. Also unterschrieb ich die Einwilligung. Es ging alles gut, nachdem die OP wegen eines Notfalls um einen Tag verschoben werden musste. Muttis Reha-Zeit war kürzer als beim ersten Mal und sie wurde ins Pflegeheim zurückverwiesen. Ich kümmerte mich um einen Liegerollstuhl vom Sanitätshaus, um eine Matratze gegen das Durchliegen usw. Da Mutti ein Darmbakterium hatte, durfte man sich ihr nur in steriler Kleidung nähern. Das war nicht immer leicht bei dem warmen Sommer. Ich kaufte einen Ventilator, damit frische Luft im Zimmer war. Ich besuchte Mutti jeden Tag in Gingst. Abends fütterte ich ihr einen Baby-Brei, z. B. einen Bananen-Gute-Nacht-Brei von Alete. Am Wochenende fuhr ich zum Mittagessen hin, wir setzten uns danach nach draußen oder fuhren in die Gaststätte und aßen eine Kugel Eis. Ich konnte Mutti nun nicht mehr im Auto transportieren, denn ihr gesamter Körper war gelähmt und voller

Schnüre. Es kam Muttis 81. Geburtstag. Der große Saal wurde durch eine Zwischentür verkleinert und geschmückt und zum Kaffee eingedeckt. Meine Kinder und unsere Freunde waren da. Einige weinten still vor sich hin, auch mir war das Herz sehr schwer. Wir machten Fotos und ahnten noch nicht, dass dies die letzten von Mutti sein sollten. Als ich selber Geburtstag hatte, saß ich den ganzen Tag an Muttis Seite und meine Gedanken schweiften zurück bis in meine Kindheit. Ich dachte an all die schönen Kindergeburtstage mit Puppen und Puppenwagen und Gästen. Auch wenn wir uns nicht verständigen konnten, fühlte ich mich an Muttis Seite sehr wohl. Ich wurde 52 Jahre alt, ein Alter, bei dem man das Leben schon von verschiedenen Seiten kennen gelernt hat. Aber um seine Mutter zu verlieren, ist es eigentlich immer zu früh.

Ich machte mir oft Gedanken und weinte viel. Es waren Goethes ach zwei Seelen, die da in meiner Brust wohnten: einmal konnte ich nicht wollen, dass Mutti diese Qualen noch unendlich lange erdulden musste, zum anderen würde ich sie immer vermissen. Mutti hatte, als sie noch sprechen konnte, immer gesagt: "Du musst härter werden, so kommst du noch nicht durchs Leben." Ich ahnte nicht, wie bald es eine Situation geben würde, in der ich den wohl schwersten Verlust erleben musste. Als Mutti in der Nacht der dritte Schlaganfall ereilte, informierte mich das

Pflegeheim erst am Morgen nach 06.00 Uhr. Mutti lag im Bergener Krankenhaus. Dort rief ich gleich an und besuchte sie mittags. Ich sah, ohne Medizin studiert zu haben, dass dieser Schlag Mutti regelrecht vernichtet hatte. Sie lag schwitzend und nach Luft ringend allein im Zimmer. Ich hielt ihre Hand und streichelte sie in der Hoffnung, dass sie mich spürte. Die Ärztin drückte auch ihre Bedenken aus:" Ja, sie hat es schwer, das Herz wird schon gar nicht mehr richtig durchblutet." Ich fuhr jeden Tag zu Mutti und rief nachts, wenn ich nicht schlafen konnte, in der Klinik an. Ich trank Baldriantee zur Beruhigung. Am Mittwoch kam es verstärkt zu Atemaussetzern, ich erschrak und lief zur Schwester. Nach einiger Zeit erklärte mir der Arzt, dass sich ein Hirnödem gebildet hatte, das auf verschiedene Zentren im Gehirn drückte. Der Arzt sagte weiterhin, dass in einem solchen Fall nicht beatmet werden darf, dass das schlimmstenfalls auch zum Tode führen kann. Ich nahm innerlich Abschied von Mutti, denn kein liebender Mensch konnte ihr diese Qualen länger wünschen. Ich telefonierte am Abend und am Morgen, kurz nach meinem Anruf klingelte das Telefon erneut und ich mochte gar nicht abnehmen. Der Arzt erkundigte sich, ob ich die Tochter sei und sprach mir sein Beileid aus. Ich stand unter Schock und weinte, ich wusste, ich durfte jetzt nicht lange allein sein, dann würde ich die Kontrolle über mich verlieren. Ich rief Onkel

Günter und meine Tochter an, meinen Sohn erst am Abend. Dann ging ich pünktlich für vier Stunden und eine Aufsicht in die Schule zum Unterricht. Mutti hatte alles dafür gegeben, dass ich Lehrerin werden konnte, also war ich ihr so am nächsten. Danach fuhr ich ins Krankenhaus, nahm Muttis Sachen entgegen und brach zusammen. Am nächsten Tag hatte ich mit all den Formalitäten zu tun: Krankenhaus, Pflegeheim, Bestattungsunternehmen, Gaststätte usw. So vergingen die nächsten Tage, ich nahm mich zusammen, arbeitete im und am Haus, fuhr nach Altefähr und besprach mit dem Pfarrer die Predigt, musste immer wieder weinen und mich überkamen eine unendliche Trauer und Leere. Wenn ich morgens nach ein paar Stunden Schlaf aufwachte, als würde ein großer Elefantenfuß auf mir lasten. Die Beerdigung war auf den 2. Oktober festgesetzt um 11.00 Uhr. Vom Wetter her war es ein schöner Spätsommertag. Meine Kinder, Verwandten und Freunde gaben mir Kraft die schwersten Stunden durchzustehen. Viele drückten mich, so dass mein schwarzer Hut ständig drohte vom Kopf zu rutschen. Nach Abschluss der Trauerzeremonie fuhren wir in das Arkadia-Hotel nach Stönkvitz. Nicht nur, dass es so abgelegen liegt und von Arkaden umgeben ist, wir haben hier anlässlich des 49. Hochzeitstages meiner Eltern zu Mittag gegessen.

Am Nachmittag nutzten wir den stillen Spätsommertag für einen Spaziergang im Putbusser Park. Die großen Bäume, die Schlosskirche und die Gespräche in kleinen Gruppen wirkten sehr beruhigend. Jeder erzählte ein schönes Erlebnis mit meiner Mutti und sie war uns ganz nah. Am späten Nachmittag gingen wir noch einmal zum Friedhof um das geschmückte Grab zu besuchen. Zum Abendbrot gab es eine schöne Platte aus dem Hotel. Wir saßen noch zusammen, bevor dann alle, bis auf meine Tochter und Mann, wieder nach Hause fuhren. Nach dem Wochenende begann wieder der Alltag. Ich ging wieder in die Schule und hatte auf einmal sehr viel Zeit für mich. Das war ich ja gar nicht mehr gewohnt. Ich nutzte diese Zeit einfach um mich zu erholen, um nachzudenken. Ich holte meine Kinder an einen Tisch und versprach ihnen Haus und Hof in Ordnung zu halten, so lange ich dazu in der Lage war. An ein Zusammenleben mit einem Mann glaubte ich schon lange nicht mehr.

DAS LEBEN MIT PAUL

Wie heißt doch so ein abgedroschener, aber wahrer
Spruch: das Leben geht weiter oder die Zeit heilt
alle Wunden. Der Alltag begann seinen gewohnten
Lauf zu nehmen. Ich ging meiner Arbeit nach,
versorgte zwei Wohnungen, erledigte die
Formalitäten und fand immer noch Zeit zu
trauern. Da ein Testament vorlag und ich
Universalerbin war, gab es in dieser Hinsicht keine
Schwierigkeiten. Auf dem Gericht weinte ich sehr,
als ich Muttis Handschrift im Testament sah. Ich
hätte alles für ihr Leben gegeben, aber leider sind
hier die Möglichkeiten des Menschen begrenzt.
Der Spätsommer verabschiedete sich mehr und
mehr und es herbstete. „Ein Wind der Kühle
bringt und der uns frösteln lässt.." oder „Wer allein
ist, wird es lange bleiben." Es kam ein Brief vom
Bestattungsunternehmen mit dem Hinweis, doch
noch den Antrag auf Sterbegeld zu stellen. Es gäbe
da eine geringe Chance. Ich klingelte eine Etage
tiefer und brachte meinem Nachbarn eine Kopie
dieses Antrags, da er ja auch gerade seine Frau
verloren hatte. Wir kamen ins Gespräch und so
blieb es, bis auch er Nachricht von der
Krankenkasse bekam. Es war der 14. Dezember,
der Geburtstag unseres Hausarztes. Ich hatte am
späten Nachmittag gratuliert und der viel zu starke
Kaffee hatte meinem Herzen nicht gut getan.
Jedenfalls klingelte es an der Tür und ich bat

meinen Nachbarn herein, was sonst eigentlich gar nicht meine Art war. Wir unterhielten uns über den Brief und auch über uns. Es gab Augenkontakt, es lag ein Knistern in der Luft - aber mir ging es an diesem Abend zu schlecht, um länger darüber nachzudenken. Aber irgendwie hatte ich schon das Gefühl, dass jetzt etwas ganz Neues beginnt, dass sich mir eine bisher noch unbekannte Welt eröffnete - die Welt der Liebe und des Geliebtwerdens. Aber es war nicht diese „stürmische Gärung" wie in der Jugend, es ging alles langsamer, aber nicht weniger schön und romantisch. Es kam das Weihnachtsfest 2004, wir blieben jeder bei unseren Kindern und wollten uns auch nicht anrufen, was ich natürlich nicht durchhielt. Ich saß Heiligabend in der kleinen Rambiner Dorfkirche und dachte still für mich, dass es vielleicht das letzte Mal war, dass ich so allein war wie auch schon am Totensonntag, denn da hatte ich den absoluten Tiefpunkt.

Als der Pfarrer alle Namen der in diesem Kirchenjahr Verstorbenen vorlas, weinte ich immer stärker, je näher er dem Monat September kam, in dem Mutti mit ihrem Datum genannt wurde. Das Jahr 2005 ging lieb mit mir um. Paul und ich wurden ein Paar, zwar noch nicht auf dem Standesamt, aber auch ohne Trauschein stand für uns fest: WIR GEHÖREN ZUSAMMEN! War das alles aufregend. Wie sag ich´s meinem Kinde bzw. meinen Kindern? Das erste große, gemeinsame

Projekt war die Auflösung meiner Stralsunder Wohnung, der Einzug bei Paul und umgekehrt der Einzug von Paul bei mir auf Rügen. Es ging alles Hand in Hand und war generalstabsmäßig geplant und vorbereitet durch Paul. Wir freuten und freuen uns immer noch, dass uns der Herrgott zusammengebracht hat. Aus einer kleinen Liebe wurde eine ganz, ganz große Liebe. Wir unternahmen sehr viel (Natur, Kunst, Theater..). Da wir beide Sternbild „Löwe" sind, haben wir viele Gemeinsamkeiten. Einer ist für den anderen da. Unsere ganz große Liebe besteht jetzt im dritten Jahr und basiert auf Treue, Ehrlichkeit, Vertrauen und gemeinsamen Unternehmungen. Wir halten uns fit mit Nordic Walking, Schwimmen, Radtouren und Spaziergängen und natürlich mit der Liebe. Gern denken wir an unseren ersten gemeinsamen Urlaub in Pinnow bei Schwerin. Wir wohnten in einem Sporthotel und hatten uns Fahrräder gemietet, mit denen wir nach Schwerin und Klockenhagen und zu anderen Zielen in der Umgebung fuhren. So waren wir in einem Golfclub um das alles einmal kennen zu lernen. Pinnow war schön. Der Regen setzte erst ein, wenn wir das Hotel erreicht hatten. Dann verwandelte sich Paul in einen Oberkellner und servierte Sekt mit allen Schikanen. Was hatten wir für einen Spaß!!!

Ein schöner Grund Paul auch meiner Verwandtschaft vorzustellen, war Onkel Günters

80. Geburtstag im Sommer 2005. Wir wurden eingeladen mit Übernachtung im „Deutschen Haus". Das fanden wir schon einmal toll. Wir überlegten, was für ein Geschenk wir überreichen wollten. Ein Mann, der alles hat, da ist die Auswahl nicht sehr groß. Wir fuhren hier auf der Insel zur Destille und suchten einen guten Obstbrand aus mit Karton und Geburtstagsetikett. In Bergen ließen wir uns eine Kerze gießen mit Beschriftung. Dazu gab es einen tollen Blumenstrauß. Alles kam gut an und wir wurden auch gleich als Paar akzeptiert. Vormittags trafen wir uns alle in Onkel Günters Wohnung und es gab kleine Häppchen und gute Gespräche mit allen Gästen, meinen Cousinen und Cousins, den Nachbarn von Onkel Günter... Nachmittags wurde im „Deutschen Haus" bei 40 Grad im Schatten bis nach Mitternacht gefeiert. Ja, die Hitze war der einzige Minuspunkt dieser Feier, ansonsten sind die Schwaaner Meisterköche und -konditoren. Das merkte man auch. Um all die Kalorien wieder loszuwerden, wurde die halbe Nacht lang getanzt, es trat eine Tanzgruppe auf und eine Alleinunterhalterin. Wir schwitzten oder transpirierten so sehr, dass wir es vorzogen auf der Straße zu tanzen. Ich kann mich nicht erinnern, dass mir schon einmal so warm war. Entsprechend fielen unsere Getränke aus.

Wasser - Wasser und einen Secco zum Anstoßen und einen Verteiler für das gute Essen - das war unser Bedarf. Wir staunten, was die anderen, insbesondere die über 70- und 80-Jährigen, so vertragen konnten. Also, das war für uns eine ganz neue Erfahrung, dass die „Alten" so einen Stiefel vertragen konnten. Wir hielten nicht ganz bis zum Ende durch. Wir gingen in unser Zimmer und erfrischten uns erst einmal. Den Schluss vernahmen wir akustisch, schon im Bett liegend. Am nächsten Tag waren wir wieder alle bei Onkel Günter im Garten zusammen. Alle hatten sich viel zu erzählen. Wir fuhren am späten Nachmittag wieder nach Hause. Ich war froh, dass Paul von allen so herzlich aufgenommen worden war.

Ein beliebtes Ziel für uns war auch immer wieder Warnemünde. Zweimal hatten wir dort ein Zimmer, einmal im Oktober, aber es war so warm wie im Hochsommer. Als wir angekommen waren, gingen wir sofort an den Strand. Hier war ein Teppich von roten Rosen, der von den Wellen bewegt wurde. Es musste an diesem Tag eine Seebestattung stattgefunden haben. Wir machten uns so unsere Gedanken, wie vergänglich doch ein Menschenleben war und für uns war klar, die uns verbleibende Zeit so gut wie möglich zu nutzen.

Heute ist der 23. Mai - ein für unsere Familie denkwürdiger Tag. Meine Operation liegt zwölf Jahre zurück, die von meiner Mutti sechs Jahre. Das Wetter passt sich dem an: ein bisschen bedeckt, ein bisschen sonnig. Der Autoverkehr in

Richtung Insel nimmt zu, denn Pfingsten ist in Sicht. Heute und morgen noch Schule, dann vier Tage frei. Das Wetter soll beständig schön sein. Wir werden einen Mix aus zärtlicher Vertrautheit und Liebe, aus Arbeit (Aufsätze) und Entspannung, besonders in der Natur, hinkriegen. Bloß nichts planen, das muss sich alles ergeben, das ist der Spruch von meinem lieben Schatz. Zu 99,9 % hat er damit immer Recht. Gestern hatte ich nicht nur Schmerzen im Rücken, sondern auch in der NWS. Meine Orthopädin hatte nur bis mittags Sprechstunde. Ich fuhr dann in die Nachmittagssprechstunde meines Hausarztes, doch der hatte sechs Wochen vor Quartalsende schon kein Budget für Massagen mehr. Ich kaufte mir bei Frau Schmidt, meiner Physiotherapeutin, eine Massage und mir ging es besser. Das ist nun das Ergebnis von Ulla Schmidts Gesundheitsreform. Zweimal Schmidt und doch liegen Welten dazwischen. Da heute Mittwoch ist, liegt kurz vor 19:00 Uhr eine große Erwartung in der Luft, genau wie eine Stunde später am Samstag in der ARD -

das Zauberwort heißt LOTTO. Mein Paul ist eher dafür gar nicht daran zu denken, ich bin da eher die Träumerin, die sich ausmalt, was wäre wenn. Auch Träume müssen sein.

04.06. - meine Tochter wird 33, mir steht schon die 55 bevor. Wir telefonieren kurz nach 06.00 Uhr

und ich wünsche neben Gesundheit, berufliches
Weiterkommen und persönliches Glück. Wenn
wir beide wieder eine Schnapszahl haben, dann
sind wir elf Jahre weiter (44 - 66) so Gott will!!
Gestern waren wir zum Friedhof und haben
besonders schöne Blumensträuße hingestellt, weil
mein Vater den zehnten Sterbetag hatte. Es ist auch
so ein schwüles Gewitterwetter wie vor zehn
Jahren. Mir liegt so eine drückende Luft gar nicht
und meinem Paul auch nicht. Der Rücken
schmerzt wieder so sehr, dass ich erneut zur Ärztin
musste. Sie zog mich für drei Tage aus dem
Verkehr. Paul sorgt sich ganz liebevoll um mich.
Gar nicht auszudenken, wenn da mal ein
Klinikaufenthalt notwendig wäre, wir beide sind
wie Pech und Schwefel, wo einer mit den Füßen
raustritt, tritt der andere rein. Als ich verstärkt an
den Prüfungsaufgaben gesessen habe, hatte Paul
sein Projekt "Weißer Zaun". Er hat ihn mit einer
Ausdauer wie ein Kunstmaler gestrichen. Das
Ergebnis überzeugt - einfach perfekt.
Ja, wir beide haben schon viel Schönes erlebt in der
relativ kurzen Zeit, in der wir zusammen sind.
Schön, dass wir gleiche Interessen haben und uns
an der Natur erfreuen können. Goethe war
Pantheist, er sah das Wirken Gottes hauptsächlich
in der Natur. Damit könnten wir uns auch
anfreunden. Nur die ganz große Hitze, die mögen
wir nicht so sehr, so bis 25 Grad ist schon klasse.
Sehr günstig für Sport und Spaß sind unsere

Fahrradtouren durch die Lande, man hat es luftig, die Wirbelsäule wird entlastet und die Gelenke werden geschont. Ja, wir waren schon in alle Richtungen unterwegs und wir finden immer wieder noch schöne Plätze, an denen wir noch nicht waren. Eine schöne Tour ist die Fahrt zum nahe gelegenen Fuchsberg am Kubitzer Bodden bis ganz hin nach Gingst, wenn man denn möchte. Die Boddenlandschaft mit ihrer vielfältigen Pflanzen- und Vogelwelt ist schon reizvoll, z. B. wenn in Ralow die Maiglöckchen blühen, das hat schon was. Wir haben meistens Helme auf und eine richtige kleine Ausrüstung. Aber auch die Fahrt über die Dörfer bis nach Altefähr ist ein Erlebnis. Der Weg ist zwar etwas holprig, aber die Aussicht entschädigt für alles. Man kann vorher Station machen beim so genannten „Sundblick" - eine herrliche Sicht auf Stralsund, oder man fährt ganz bis nach Altefähr oder Stralsund rein. Am schönsten ist die Gegend zur Zeit der Rapsblüte oder jetzt im Juni dieser Zauber von Korn - und vor allen Dingen auch von Mohnblumen. Ich muss dann zwangsläufig an Monets Mohnblumen denken, nur dass hier in der Natur meist die Menschen im Feld fehlen. Aber ansonsten könnte er mit seiner Staffelei hier am Feldrand gestanden haben. Eine tolle Urnatur findet man auch auf Ummanz. Schön war die Wanderung von Freesenort nach Suhrendorf zusammen mit meiner Tochter. Die Stille, nur Vogelkonzert und die

Stimmen, die von den unendlich erscheinenden Schafweiden kommen, das hat schon eine ganz eigene Faszination. Man ist fernab von Konsum und hektischem Treiben, wer das liebt, ist hier nicht am richtigen Ort. Eine gute Adresse für uns ist auch der kleine Ort Moisselbritz so auf gleicher Höhe wie Ralswiek, etwa vier Kilometer voneinander entfernt, also eine Stunde Fußmarsch. Hier gibt es im Landhaus ein Bauerncafe' mit Liebescouch und selbstgebackenem Kuchen von der Chefin persönlich und es kommt fast immer zu einem herzlichen Gespräch.

Das Essen wird frisch aus Produkten von der Insel zubereitet und jeder wartet gern, wenn er Fisch bekommt, der um 16.00 Uhr vom Fischer gebracht wurde und Gurken und Tomaten aus dem Gewächshaus und Kräuter aus dem Kräutergarten im wunderschönen Park. Hier trifft der alte DDR-Spruch noch zu „Meine Hand für mein Produkt". Das Betreiber-Ehepaar würde seine Hände nicht verlieren.

Eine Idylle ist auch der in der Nähe gelegene Ort Schweikwitz, mittlerweile eine Künstler-Kolonie mit Storchennest auf dem Dach. Hier hat unsere befreundete Töpfermeisterin geheiratet und ein Haus gebaut. Sie haben neben dem Hund „Petersilie" nun auch einen ganz entzückenden Sohn, der nun auch schon ein kleiner Schelm wird. Ja, wenn wir bei Roswitha im Laden in Gingst sind, finden wir immer etwas - entweder etwas von den

Bio-Regionalprodukten, eine Keramik, eine neue Zeichnung oder ein paar Info-Blätter, wo und wann Veranstaltungen sind. In der Nähe der Kirche entwickelt sich zu jeder Jahreszeit eine wunderschöne Atmosphäre, die ersten Frühlingsboten sind genau so grazil wie jetzt die blühenden Felder (rot und blau), im Herbst kommt dann die Kastanienzeit und im Winter gibt es die herrlichen Schneebilder, wenn es denn welchen gibt. Es ist ja dank Klimawandel nicht mehr selbstverständlich, dass Winter mit der weißen Pracht kombiniert ist. Ja, das alles wird erst richtig schön, wenn man es mit glücklichen Augen sieht und dafür sorgt Paul, dass ich ausgeglichen und glücklich bin und umgekehrt gebe ich alles um auch ihn glücklich zu machen.

Wir beide haben in den letzten Jahren BINZ für uns entdeckt. Wir müssten schon einen Besucher-Rabatt kriegen, so oft wie wir da waren. Im Mai wurde die Flaniermeile neu gestaltet für 4,5 Mio. Euro. Wir sitzen gern Im Cafe' Peters, da trifft sich zu jeder Jahreszeit alles, was sich mit und ohne Besuch entspannen möchte. Es herrscht immer eine Wohlfühlatmosphäre.

An Binz habe ich eine Jugenderinnerung. Im Kurhaus Binz erhielt ich 1971 mein Abiturzeugnis und anschließend war der Abi-Ball. Vier 12. Klassen waren wir und beim Tanz der Abiturienten holte mich ein Mitschüler, mit dem ich all die Jahre spinnefeind gewesen war. Es

entwickelte sich diese erste Verliebtheit, eben die
„Jugendliebe", von der Ute Freudenberg immer
singt. Eine wunderschöne Erfahrung aus heutiger
Sicht, damals führte sie nicht zu einer Beziehung.
Derjenige, um den es hier ging, stammt gebürtig
aus Putbus. Wir mussten im Biologie-Unterricht
ein Herbarium anfertigen. Er hatte im Putbusser
Park Blätter gesammelt und seine Mappe passte
auf einen Handwagen. Unsere Bio-Lehrerin war
gleichzeitig Fachberaterin und war total perplex,
als sie diese Menge sah. Putbus ist auch immer ein
schöner Anziehungspunkt. Schon die Fahrt durch
die Allee-Straßen ist ein Genuss. Das kleine
Residenztheater hat es uns auch angetan. Es ist wie
ein Puppenstübchen, so gemütlich, besonders nach
der Wende, denn da wurde das Theater in seinem
Originalzustand wieder hergestellt. Als Penneler
kenne ich es ja noch in rot-gold.
Das Theateranrecht hatten wir in erster Linie
wegen der Fahrt im abgedunkelten Theaterbus und
um etwas Abwechslung in das Internatsleben zu
bringen. Es wurden meist sowjetische Stücke
gespielt, die wir angeblich dringend für den
Unterricht brauchten, aber wir verstanden die
manchmal gar nicht richtig. Jedenfalls hat sich das
Programm heute stark verbessert. Da kein eigenes
Ensemble besteht, sind die Karten ganz schön
teuer, aber auch die Kunst hat ihren Preis. Auch
die Wanderung durch den Park am Wildgehege
vorbei zur Schlosskirche und Orangerie hat einen

besonderen Reiz. Schade, dass das Schloss damals
in den Anfangsjahren der DDR gesprengt wurde.
Ja, Malte von Putbus wusste schon, wo es schön ist.
Das zeigt ja auch sein renoviertes Badehaus Goor
mit dem Kaiser-Wilhelm-Bad. Es war zu Maltes
Zeit nicht chic mit dem gemeinen Volk in die
Fluten zu steigen, sondern man holte das Wasser
aus dem Greifswalder Bodden und füllte es in
Badekübel, wo dann die Herrschaft unter sich war.
Erinnerungen an meine Jugend wecken auch
Altkamp und Neukamp. Das war immer unser
Einzugsgebiet für die so genannten
Kartoffelsammelferien im Oktober, damals noch
zwei Wochen lang. Heute heißen die in unserem
Bundesland Herbstferien und dauern fünf Tage
lang. Auf Schülerhilfe konnte man damals nicht
verzichten, auch über die Ferien hinaus nicht.
Sammeln oder Nachsammeln, zu beidem wurden
wir geholt. 50 Pfennig gab es beim Nachsammeln
ihr eine große Kiepe. Heute sind Paul und ich oft
in der Ecke bei der Gaststätte "Nautilus", vorne am
roten Ledertresen sitzen wir gerne. Im Reich von
Kapitän Nemo lässt es sich herrlich träumen, wenn
auch bis auf die Aquarien alles Attrappe ist - der
Mensch lässt sich auch gern mal betrügen, wenn es
um die Fantasie geht. Jedenfalls ist das Angebot
reichlich und gut, besonders an Fischgerichten.
Wir wandern dann mit unseren Stöcken noch ein
paar Kilometer um gleich wieder abzutrainieren.
Sehr idyllisch ist es auch, bis

Lauterbach/Neuendorf mit dem Auto zu fahren, es dort stehen zu lassen und durch den Wald zu wandern. Dann kommt man an der Brücke bei der „Nautilus" raus. Besonders günstig ist die Wanderung bei stürmischem Wind, denn der Wald bietet Schutz in jeder Hinsicht. Wir sehen uns dann noch die prächtigen Fischerhäuser an mit den großen Grundstücken in ihrer idealen Lage hin zum Greifswalder Bodden. Hier hat man das Wetter sozusagen aus erster Hand. Dafür muss man auch geboren sein.

Aber auch über den Rügendamm hinaus finden wir schöne Ziele. Klausdorf und Barhöft sind ideal für Nordic Walking. Es ist nicht so weit entfernt und hat doch diesen Geruch nach Meer und Salz. Auch die Gegend um Prohn/Damitz finden wir schön, denn in Prohn hatte ich sechs Jahre lang meine erste Landlehrerstelle, ehe ich dann in die Stadt ging.

Manchmal führt uns der Weg auch nach Greifswald in die alte Universitäts-, Sanitäts- und Garnisonsstadt. Hier habe ich zwar nicht studiert, wir sind aber trotzdem gern in den alten Gemäuern. Schade, dass die Erinnerung an die verschiedensten Kliniken ein bisschen den Eindruck trübt, aber auch das gehört zum Leben dazu.

Greifswald ist zu allen Jahreszeiten schön, besonders gefällt uns der Dom. Wie gern ist meine Tochter in ihren Teenager-Zeiten nach Greifswald gefahren und hat sich im christlichen Laden ein paar Kunstpostkarten, Poster und Losungen gekauft. Sie wurde erst mit 17 Jahren getauft, es war also ihr eigener Wunsch und ich hatte nichts dagegen. Die Taufzeremonie war sehr ergreifend, auch danach, als ich dann die Glückwünsche zum getauften Kind erhielt, war ich sehr gerührt. Ich hatte zuvor auch den Pfarrer kennen gelernt während einiger Sonntagsgottesdienste und im Rahmen seiner Jugendarbeit. Ich hatte einen angenehmen Eindruck und hätte mir für meine Schüler auch etwas mehr Selbstständigkeit und Verantwortungsbewusstsein gewünscht. Ich hatte immer sehr viel Respekt vor den Aktivitäten, z.B. Kanu-Urlaub, Aufenthalt in Israel, das sind nur ein paar Beispiele für gelungene Unternehmen. Frauke hatte dazu noch ihren Judo-Sport, so dass genügend Ausgleich zur Schule vorhanden war. Ähnlich war es auch bei meinem Sohn Frank. Er hatte auch wie seine Schwester einen guten Freundeskreis und Fußball und Angeln als Freizeitsport, beides organisiert. Jetzt haben beide Kinder ihren Platz gefunden. Mein Sohn in Frankfurt am Main auf dem Flughafen und meine Tochter in Hamburg beim Kieser-Muskel-Aufbautraining. Im letzten Sommer waren Paul und ich eine Woche lang in Hamburg bei meiner Tochter zu Besuch. Es war eine schöne Zeit. Wir waren am Tage allein auf uns gestellt und hatten die U- und S-Bahnlinien schneller als gedacht intus. Es war Sommerwetter satt, da macht dann die Hafenrundfahrt besonders Spaß, noch dazu mit vier Passagieren an Bord und einem Schipper, der gebürtig von Sassnitz, also von Rügen, stammte. Zweimal unternahmen wir eine Fahrt auf der Alster, ganz früh morgens ist es besonders reizvoll, wenn die Vogelwelt aktiv wird und die ersten Millionäre aus ihren Villen kommen. Es war so schön mittags vor einem Straßenlokal zu sitzen mitten unter den Touris und bei einer Apfelschorle und einem leichten Essen zu entspannen. Gut gefallen hat uns auch Blankenese. Bist du Postbote in Blankenese, dann brauchst du dich um deine Figur nicht zu sorgen. Bei den vielen Treppen verbrauchst du unheimlich viele Kalorien. Als wir vor einem italienischem Cafe' saßen, lernten wir auch Vertreter der so genannten creme de la creme kennen. Völlig überspannte Leute, wir waren froh, dass wir so normal waren. Abends fuhr Frauke mit uns durch das Villen-Viertel, es war nett anzusehen, aber man weiß nicht genau, ob man in dieser Oberschicht verkehren möchte. Die glücklichsten Menschen leben oft in einer kleinen, wohl geordneten Welt, die überschaubar ist und in der jeder sich auf jeden verlassen kann. Hamburg war eine gute Erfahrung für uns — es wehte uns ein bisschen Weltstadtluft um die Nase. Meine Tochter nahm uns im Auto mit zurück und wir ließen die schöne Zeit auf Rügen ausklingen.

Ein Sommernachtstraum, aber nicht von Shakespeare

Ja, lassen wir die Zeit einmal vorlaufen - das muss auch mal sein. Ein Bestandteil dieses Traums wäre z. B., dass meine Kinder irgendwann eine Familie gründen und ich dann Oma werde, Paus ist ein Urtalent in punkto Kindererziehung. Das hat er bei sechs Kindern und einigen Enkelkindern schon bewiesen. Das wäre schön, wenn wir ab und zu mit einem Kiddi die Welt noch einmal mit Kinderaugen sehen könnten. Noch sind beide auf der Suche und es braucht Geduld. Es sind mehr als zehn Jahre vergangen und die Lotto-Fee hält, was sie verspricht. Nein, nicht Geld im Überfluss, das ist auch wieder anstrengend, aber so eine überschaubare Summe, die beruhigt und einige Wünsche Wirklichkeit werden lässt - wäre nicht verkehrt. Das wäre z. B. ein AUDI mit allen Schikanen für meinen Paul - diesen Wunsch würde ich ihm zu gern erfüllen, da er über die Hälfte seines Lebens auf dem Bock gesessen hat und vom kleinen FIAT bis zum MAN oder Sattelzug mit Hänger alles gefahren hat. Ja, dann wäre da noch eventuell ein Bund fürs Leben, wenn man dann nicht mehr auf die Witwenrente angewiesen ist - das wäre schon toll. Ich habe mit den verschiedensten Menschen gesprochen, ob es einen Unterschied macht, verheiratet zu sein, oder in Lebensgemeinschaft zu sein, aber alle haben mir

versichert, dass es schöner ist, verheiratet zu sein.
Ich sehe es richtig vor mir: Paul im dunkelblauen
Anzug und ich in einem cremefarbenen Kostüm
oder Kleid mit einem kleinen Blumenstrauß. Wir
sind unheimlich aufgeregt und unsere Augen
glänzen vor Glück. Nach dem Standesamt geht es
in die Flitterwochen nach Südtirol in eine
Privatpension, am Hang gelegen, mit
Blumenkästen daran und Hängegeranien bis fast
zum Erdboden. Ja, wir wandern, erfreuen uns an
den Bergen und genießen unser Glück, schauen
immer wieder unsere neuen Ringe an, küssen uns
und tauschen zärtliche Blicke aus. Die 14 Tage
vergehen wie im Flug, aber unsere Liebe wird
ständig schöner und tiefer.
Träume beflügeln die Seele, geben Kraft und Halt,
tun so gut, aber sie sind eben auch Schäume
- das Glück liegt im Hier und Jetzt - und so
schließt sich der Kreis.

Die Liebe hat gesiegt - sie hat zwei Menschen
unendlich glücklich gemacht,
sicher bis über das Leben hinaus.

Aus dem 1. Brief des Apostels Paulus an die
Korinther:

Die Liebe ist geduldig und gütig.
Die Liebe eifert nicht für den eigenen Standpunkt,
sie prahlt nicht und spielt sich nicht auf.
Die Liebe nimmt sich keine Freiheiten heraus,
sie sucht nicht den eigenen Vorteil.
Sie lässt sich nicht zum Zorn reizen
und trägt das Böse nicht nach.
Sie ist nicht schadenfroh,
wenn anderen Unrecht geschieht,
sondern freut sich mit,
wenn jemand das Rechte tut.
Die Liebe gibt nie jemanden auf,
in jeder Lage vertraut und hofft sie für andere;
alles erträgt sie mit großer Geduld.
Niemals wird die Liebe vergehen.
...Auch wenn alles einmal aufhört -
Glaube, Hoffnung und Liebe nicht.
Diese drei werden immer bleiben;
Doch am höchsten steht die Liebe.